Цветик-семицветик

七色花

[苏]瓦·卡达耶夫 著　张舒　胡志远 译

天津出版传媒集团

天津教育出版社
TIANJIN EDUCATION PRESS

果麦文化 出品

目 录

001　七色花

018　笛子和罐子

030　珍珠

052　亲爱的、可爱的爷爷

078　鸽子

084　蘑菇

088　树桩

091　惊喜

101　音乐

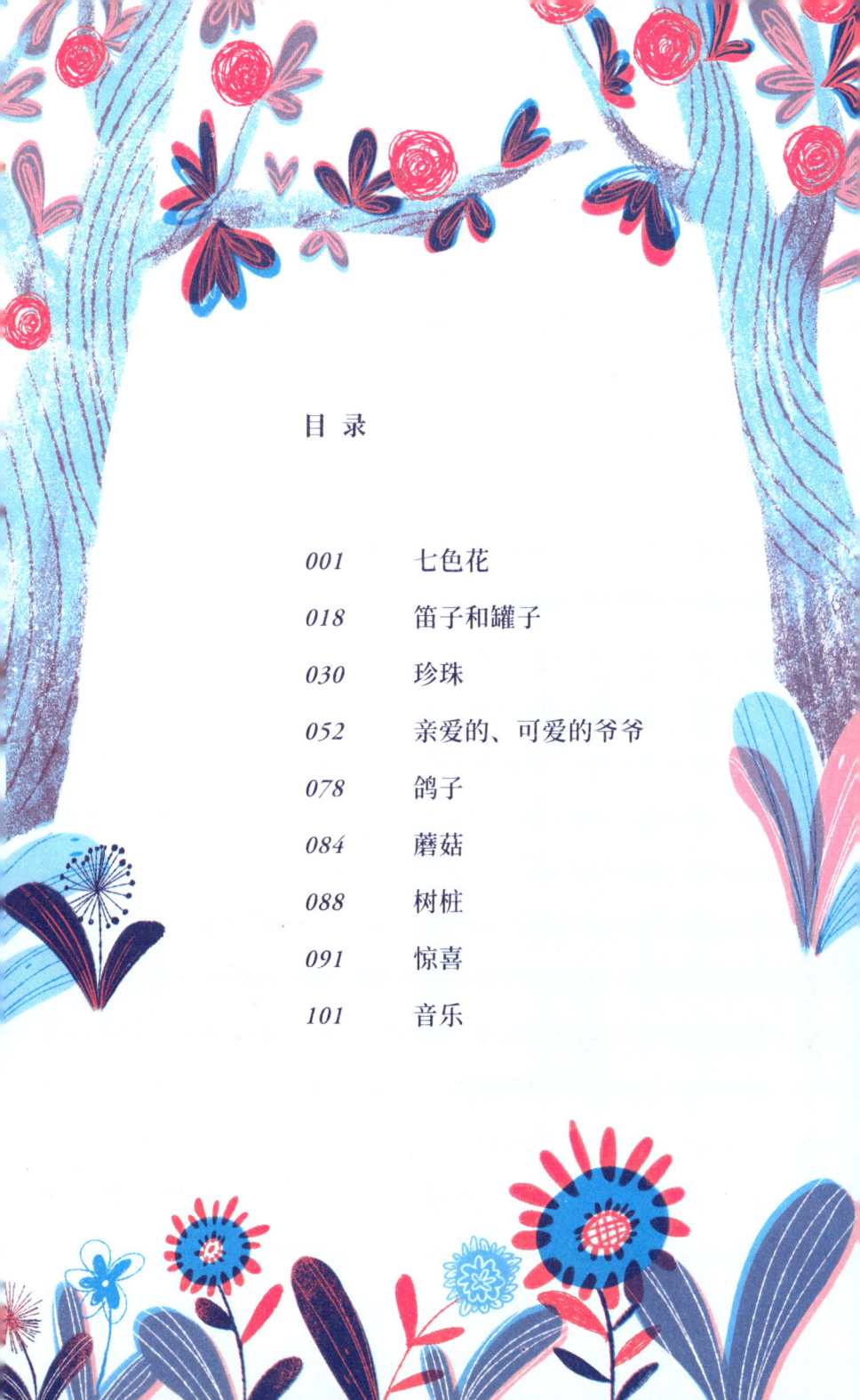

七色花

从前,有一个小女孩儿叫热妮娅。一天,她的妈妈让她去商店里买面包圈。热妮娅一共买了七个面包圈:两个加孜(zī)然的给爸爸,两个加花籽的给妈妈,两个加糖的给自己,还有一个小小的粉色面包圈给弟弟帕夫利克。

热妮娅拎着一串面包圈开始往家走。她一路上东张西望,走走停停,一会儿念念商店招牌上的字,一会儿数数天上飞过的乌鸦。这时,一只狗从后面跟上来,趁热妮娅不注意,把面包圈一个接一个地吞进肚子里:先是吃掉了爸爸的孜然面包圈,接着吃掉了妈妈的花籽面包圈,然后吃掉了热妮娅的甜面包圈。热妮娅走着走着,觉得手里的面包圈出奇的轻。等她转过身去看时,已经晚了,挂面包圈的绳子晃悠了几下,上面空空的,什么也没有了。狗吞下最后一个属于弟弟的面包圈,心满意足地舔了舔嘴巴。

"啊!你这只可恶的狗!"热妮娅大喊着去追狗。

她跑啊跑,没有追上狗,自己却迷路了。她看了看四周,根本不知道这是哪里。这里一座高楼也没有,全都是又矮又小的房子。热妮娅吓得哭起来。突然,不知道从哪里来了一位老婆婆。

"孩子,孩子,你怎么哭了?"

热妮娅把事情的经过都讲给老婆婆听了。老婆婆

觉得热妮娅很可怜，就带她来到自己的小花园。老婆婆对热妮娅说："别担心，不要哭，我可以帮助你。面包圈和钱我都没有，不过，我的花园里生长着一种花，它叫'七色花'，它无所不能。虽然你平时有点儿粗心大意，但我知道，你是一个很不错的孩子。我现在把七色花送给你，它可以帮助你实现一切愿望。"

说着，老婆婆从花丛中摘下一朵花送给热妮娅，它形似菊花，非常漂亮。这朵花一共有七片花瓣，颜色各不相同，分别是黄色、红色、绿色、靛（diàn）色、橙色、紫色和蓝色。

"这朵花，"老婆婆说，"可不是普通的花。它可以实现你所有的愿望。只需要摘下一片花瓣，把它扔向空中，然后说：

飞吧飞吧小花瓣，
东南西北绕一圈。
轻轻触碰到地面，
我的愿望就实现。
请让……吧！

念完这些话，你的愿望就会马上实现。"

热妮娅很有礼貌地向老婆婆道了谢，然后就从花园里出来了。她刚一出来，就猛地想起，自己还不知道回家的路在哪儿。她想再回到花园里找老婆婆，让她带自己去最近的警察局。可是，哪儿有花园？哪儿有老婆婆？他们好像从来没有出现过一样。

那该怎么办呢？热妮娅正打算像平常那样鼻子一抽哭起来，突然，她想起了神奇的七色花。

"嗯……那现在就看看，这到底是一朵什么样的花。"

热妮娅迅速摘下一片黄色花瓣，抛（pāo）向空中，说：

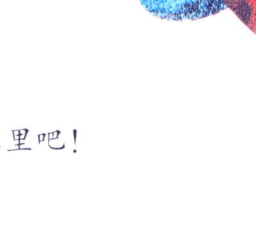

飞吧飞吧小花瓣，
东南西北绕一圈。
轻轻触碰到地面，
我的愿望就实现。
请让我带着面包圈回到家里吧！

话音未落，一眨眼的工夫，热妮娅就置身于自己家中了，再看她的手里，正拎着完完整整的一串面包圈。

热妮娅把面包圈给了妈妈，心想："这真是一朵不寻常的花，一定要把它插在最漂亮的花瓶里。"

花瓶在架子的最上面一层，热妮娅的个子还小，得爬到椅子上才能够到花瓶。说来真是凑巧，就在这时，窗外飞来了一群乌鸦。热妮娅很想知道，到底有几只乌鸦——是七只还是八只。她掰起手指头，正要张嘴数，突然，花瓶飞落到地上——砰！花瓶碎了一地。

"你又打坏什么东西了？"从厨房里传来妈妈的声音，"不会是我最心爱的花瓶吧？整天毛手毛脚的！"

"没有没有，妈妈，我没有打坏东西，是你听错了！"热妮娅冲着厨房大声喊。说完，她迅速摘下一片红色的花瓣，扔向空中，压低了声音说：

飞吧飞吧小花瓣，
东南西北绕一圈。
轻轻触碰到地面，
我的愿望就实现。
请让妈妈心爱的花瓶复原吧！

热妮娅刚一说完，只见一块块花瓶碎片在地上慢慢移动，越靠越近，最后全部黏合在一起。妈妈从厨房里跑出来，抬头一看，心爱的花瓶哪儿也没去，就在原来的地方待着呢。妈妈生怕会出什么事，就让热妮娅到院子里去玩儿了。

热妮娅来到院子里，看到有几个男孩子在玩儿"帕

帕宁"[1]的游戏：几个人坐在几块破旧的木板上，旁边是一堆沙土，沙土上面插着一根木棍。

"男孩子们，带我一起玩儿，好吗？"热妮娅说。

"你想得美！没看到吗？这是北极，我们不带女孩子去北极。"

"这就是几块木板，怎么能说是北极呢？"

"这不是木板，这是冰块。快走开，别烦我们！我们正在进行强力冰压缩[2]。"

"不让我一起玩儿啊？"

"不跟你玩儿，走开！"

"我才不稀罕跟你们玩儿。没有你们，我一样可以去北极。我要去真正的北极，哼，送你们一根猫尾巴[3]！"

1　帕帕宁，全名伊万·德米特里耶维奇·帕帕宁，北极探险家，两次荣获"苏联英雄"称号。1937—1938年，他带领同事建立了世界上第一个浮冰科学考察站——"北极1号"。
2　冰压缩，海洋学专业术语。
3　猫尾巴，俄罗斯孩子间的生活用语，表示对他人的嘲讽，意思是什么也得不到。

热妮娅走到一边去,拿出神奇的七色花,摘下一片靛色的花瓣,抛到空中,说:

飞吧飞吧小花瓣,
东南西北绕一圈。
轻轻触碰到地面,
我的愿望就实现。
请让我去北极吧!

话音刚落,一阵旋风刮来,太阳突然消失,黑夜瞬间降临,热妮娅脚下的地球,就像陀螺一样飞速旋转。她现在身上穿的是夏天的连衣裙,腿上光着,孤零零一个人到了北极,这里的最低温度得有零下70摄氏度啊!

"哎呦,妈妈呀,冻死我了!"热妮娅大叫着哭起来,可是,她的眼泪刚一流出来,马上冻成了两根冰条,挂在鼻子上,就像是冬天挂在水管上的冰溜(liù)。这时,从冰山后面走出来七只北极熊,它们径(jìng)直朝热妮娅走来。这七只熊一只比一只可怕:第一只熊看起来很烦躁，第二只很凶狠，第三只戴着贝雷帽，第四只无精打采，第五只身上的毛乱糟糟，第六只身上长着斑点，第七只个头最大。

热妮娅冻得几乎失去了知觉，紧紧抓着七色花的手已经结冰了。她努力拔下一片绿色的花瓣，扔到空中，用仅剩的力气喊道：

飞吧飞吧小花瓣，
东南西北绕一圈。
轻轻触碰到地面，
我的愿望就实现。
请让我回到我家的院子里吧！

刹那间，热妮娅就回到了自己家的院子里。男孩子们看到她，大笑起来："哟、哟，你的北极在哪儿呢？"

"我已经去过了。"

"我们没有看到啊！倒是证明给我们看啊！"

"看啊，我鼻子上还有冰溜呢！"

"瞎说，这不是冰溜，是猫尾巴吧！怎么着，带来了吗?"

热妮娅很生气,决定不跟这些男孩子们来往了。她走到另外一个院子里,去找女孩子们玩儿。她进去一看,每个女孩儿都有自己的玩具,有个女孩儿推着一辆娃娃车,有个女孩儿在拍皮球,有个女孩儿在跳绳,有个女孩儿在骑三轮自行车,还有一个女孩儿抱着一个会说话的洋娃娃,这个洋娃娃戴着草帽,穿着小皮靴。热妮娅看到别人有这么多玩具,感到很懊恼。她嫉妒得眼睛都变了颜色,就像山羊的眼睛一样。

"哼,"她心想,"我现在就让你们瞧瞧,谁的玩具多!"

热妮娅把七色花拿出来,摘下一片橙色的花瓣,扔向空中,说:

飞吧飞吧小花瓣,
东南西北绕一圈。
轻轻触碰到地面,
我的愿望就实现。
请让世界上所有的玩具都到我这里来吧!

刚一说完，刹那间，无数的玩具从四面八方飞过来，全部落在热妮娅面前。第一拨儿玩具是各式各样的洋娃娃，它们眨巴着大眼睛，像小婴儿一样"爸爸、妈妈""爸爸、妈妈"叫个不停。刚开始，热妮娅高兴极了，但是，洋娃娃实在是太多了，一下子填满了整个院子，塞满了各个角落，还占了外面的两条街道和大半个广场。如果不是踩着洋娃娃走，你就别想移动半步。

你想象一下吧，有五百万个会说话的洋娃娃聚在一起，得有多么吵？洋娃娃可不止这么多，这些仅仅是莫斯科的洋娃娃。还有圣彼得堡的、哈尔科夫的、基辅的、利沃（wò）夫的，以及苏联其他好多城市的洋娃娃，都朝这边赶来，每一个洋娃娃都争先恐后地叫着。热妮娅有点怕了。不过，这才刚刚开始。

洋娃娃之后，又来了成千上万的皮球、气球、滑板车、三轮车、玩具拖拉机、玩具公共汽车、玩具重型坦克、玩具轻型坦克、玩具大炮。还有无数条跳绳，像一条条蛇一样，横七竖八地躺在地上，热妮娅脚下乱作一团。洋娃娃们好像又来了精神，叫声更大了。

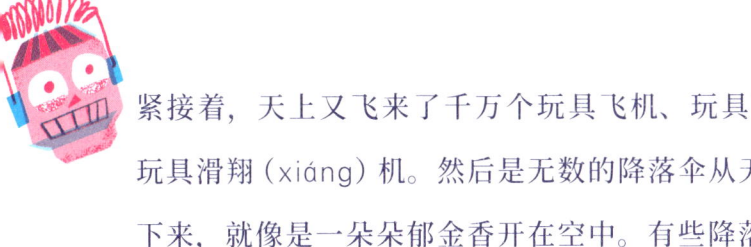

紧接着,天上又飞来了千万个玩具飞机、玩具飞船、玩具滑翔(xiáng)机。然后是无数的降落伞从天上落下来,就像是一朵朵郁金香开在空中。有些降落伞挂到了电线上,有的吊在了树枝上。

城市的道路被堵得水泄不通。警察爬到了路灯柱子上,不知道怎么办。

"够了!够了!"热妮娅吓得大叫起来,双手抱住脑袋,"怎么还有?这是干吗啊!我根本不需要那么多玩具,我就是开开玩笑。我好怕……"

热妮娅这样说一点用都没有!无数的玩具,持续不断地从天上掉下来。苏联的玩具刚刚过去,美国的玩具又来了。整座城市被玩具塞得满满的,就连最高的房顶上也堆满了玩具。热妮娅爬到楼梯上,玩具就跟到楼梯上;躲到阳台上,玩具就跟到阳台上;跑到

阁楼上,玩具又跟到阁楼上。热妮娅跳到房顶上,赶紧摘下一片紫色的花瓣,抛出去,说:

飞吧飞吧小花瓣,
东南西北绕一圈。
轻轻触碰到地面,
我的愿望就实现。
请让所有的玩具回到商店里去吧。

刚一说完,所有的玩具都消失了。热妮娅看看自己的七色花,只剩下最后一片花瓣了。

"看吧!六片花瓣,都浪费了。一样好东西也没留下。算了,没关系,以后我会学聪明点。"热妮娅边走边想。

"我再许个什么愿望呢?要四斤的'小熊牌'巧克力糖?不,最好还是四斤的彩色透明糖。不好不好……最好这样:要一斤的小熊糖,一斤的彩色透明糖,二两酥(sū)糖,二两坚果,对,就这么办。再给弟弟要一个粉红色面包圈。不过,这有什么好的呢?想一下吧,得到这些，然后再把它们吃光，到最后什么也不会剩下。不，我最好祈求一辆三轮自行车。要车干吗呢？骑一下，然后呢？调皮的男孩子肯定会抢过去，说不定会给我弄坏！不行，我最好给自己祈求一张电影票或者马戏团的票，去看电影或者马戏，肯定很好玩儿。或者，我还可以祈求一双凉鞋，比去马戏团好。不过，说实话，一双新凉鞋又有什么大不了的呢？我还可以许下更好的东西。我慢慢想，不着急。"

热妮娅心里正琢磨着，忽然，看到一个不错的小男孩儿，正坐在门口的凳子上。他有一双蓝色的大眼睛，眼神充满喜悦透着温和。男孩儿很招人喜欢，一看就知道，他不是个爱打架的人。热妮娅很想跟这个可爱的小男孩儿认识一下。她大胆地走上前去，男孩儿清澈明亮的瞳（tóng）孔里，映照出了她的脸庞，两根小辫儿搭在两侧的肩膀上。

"小男孩儿，你叫什么名字？"

"我叫维嘉。你呢？"

"我叫热妮娅。我们一起玩儿抓人的游戏吧？"

"我不能玩儿，我是个瘸（qué）子。"

这时，热妮娅才看出来，男孩儿的一只脚穿着很丑的厚底靴子。

"好可惜啊！"热妮娅说，"我很喜欢你，我还想着和你一起玩儿抓人的游戏呢。"

"我也很喜欢你，很想跟你一起玩儿，可是，这不可能。我没有办法，一辈子只能这样。"

"哎，你说什么呢，小男孩儿！"热妮娅喊道，然后从口袋里拿出自己的七色花，"看我的！"

说着，热妮娅小心翼翼地摘下最后一片蓝色花瓣，把它紧紧贴在眼皮上，过了一会儿，她松开手，用细细的、因为幸福而发颤的声音唱道：

飞吧飞吧小花瓣，
东南西北绕一圈。
轻轻触碰到地面，
我的愿望就实现。
请让维嘉的腿好起来吧！

突然，维嘉从椅子上跳了起来，和热妮娅一道玩儿起抓人的游戏。他跑啊，跑啊，跑得那么快，连热妮娅都追不上他了……

如果有一朵神奇的七色花，你想许下哪七个愿望呢？给花瓣涂上颜色吧，祝你梦想成真！

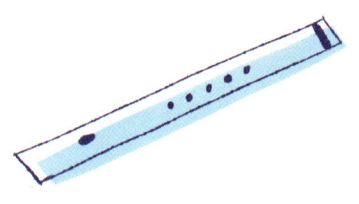
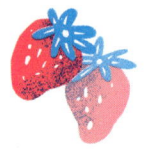

笛子和罐子

森林里的草莓成熟了。

爸爸拿着杯子,妈妈拿着碗,热妮娅带着罐子,小帕夫利克带着盘子,他们来到森林准备摘草莓:谁的器皿里会最快装满草莓呢?

妈妈为热妮娅选了一片草莓地,说:"女儿啊,这块儿地是你的,这里很好,草莓很多。现在就去找草莓吧。"

热妮娅用牛蒡(bàng)叶擦了擦罐子,然后就开始找草莓了。

她找啊找,看呀看,什么也没有找到,她的罐子还是空空的。

她看了看，其他人都摘到了草莓。爸爸的杯子装了四分之一，妈妈的碗已经装了一半，就连小帕夫利克的盘子里也有两颗草莓。

"妈妈呀妈妈，为什么你们都采到了草莓，偏偏我没采到呢？是不是你给我找了一块儿最差的地？"

"你好好找了吗？"

"好好找啦！那儿一颗草莓也没有，只有叶子。"

"叶子下面你看了吗？"

"没有。"

"我就说嘛！一定要钻到叶子下面看一看。"

"为什么帕夫利克不用？"

"帕夫利克很小，个子和草莓一样高，不用趴地上，而你呢，现在是个子高高的大姑娘了。"

爸爸接着说："野果都很狡猾，它们总是躲起来不让我们看到，找到它们需要方法。看我是怎么做的。"

只见爸爸蹲下来，弯下腰，身体贴着地面，头探进叶子下面，找到一颗又一颗草莓，他边找边念念有词："一颗找到了，另一颗出现了，下一颗有了，第四颗就看见了。"

"好的,"热妮娅说,"谢谢你,爸爸。我照你说的做。"

热妮娅又回到自己的那块儿地,蹲下来,弯下身,贴着地面,往叶子底下看。叶子下面的草莓多得不得了,热妮娅看得眼花缭(liáo)乱。她摘下一颗颗草莓,放进罐子里。她边摘边说:"一颗找到了,另一颗出现了,下一颗有了,第四颗就看见了。"

不过,过了一会儿,热妮娅就蹲得不耐烦了。"应该够了吧,"她想着,"我摘的草莓不少了。"热妮娅站起来,往罐子里看了看,里面一共躺着四颗草莓。这也太少了!还得蹲下找,没别的办法。

热妮娅又蹲下来摘草莓,嘴里说着:"一颗找到了,另一颗出现了,下一颗有了,第四颗就看见了。"

热妮娅又看了看罐子,里面也就八颗草莓,甚至连罐子的底儿都没有盖住。

"唉,"热妮娅想,"这样摘下去一点儿意思也没有,得一直弯着身子。恐怕没等我装满罐子,就累得不行了。我最好还是去找一个新地方。"

于是,热妮娅要去找一个地方,那里的草莓不会藏在叶子下面,而是自己冒出来,往罐子里钻。

热妮娅走啊走啊,那样的好地方还没找到,自己就累得走不动了。她坐到一个树墩(dūn)上休息。坐着坐着,她无事可做,就从罐子里掏出草莓,一颗一颗放进嘴巴里。一会儿的工夫,八颗草莓就全部吃完了,她看着空空的罐子,心想:"现在怎么办呢?谁能帮帮我!"

刚想到这儿,只见地面微微动了几下,地上的苔藓往两边分开,一个小树墩后面钻出来一个身材矮小但很结实的老头儿:白色的外衣,灰色泛蓝的胡子,头戴丝绒帽,帽子上插着一根干枯的草。

"你好,小姑娘。"他说道。

"你好,伯伯。"

"我可不是伯伯,我是老爷爷。你没看出来吗?我是蘑菇精老爷爷、最早的森林居民,我掌管着森林里所有的蘑菇和浆果。你叹什么气啊?谁欺负你了?"

"老爷爷,就是这些草莓,它们太欺负人了。"

"这我就不懂了,这些草莓都很友好,它们怎么会欺负你呢?"

"它们都躲着我,藏到了叶子底下。我从叶子上面根本就看不到它们,得一直弯腰,一直弯腰,等我采满罐子,肯定累个半死。"

蘑菇精老爷爷摸着他灰蓝色的胡子,微笑着说:"小事一桩。我有支专门的笛子,只要笛声一响,所有的草莓就都会马上从叶子下面露出来。"

蘑菇精老爷爷从袋子里取出笛子,说:"吹吧,笛子。"

接着，笛声就响起来了。笛声刚一响起，躲在叶子下面的草莓都竞相探出头来。

"停下吧，笛子。"

笛声停下来了，草莓又躲进去了。

热妮娅太激动了，"老爷爷，老爷爷，把这个笛子送给我吧。"

"送给你可不行。要不我们交换一下：我给你笛子，你给我罐子。你的这个罐子我很喜欢。"

"好的。非常乐意。"

热妮娅把罐子给了蘑菇精老爷爷，换来了笛子。热妮娅拿上笛子，飞快地跑回自己的那块儿草莓地。

热妮娅站在草莓丛中，说："吹吧，笛子。"

笛子开始演奏起来，刹那间，所有的叶子都微微颤动，然后开始飞舞起来，就好像有一阵风刮来。

最先探出头来的是那些充满好奇心的年轻草莓，它们的颜色还是青绿色呢。紧接着，出来了一些刚刚成熟的草莓——它们的一面呈粉红色，一面还是白色。再接着，是一些熟透的草莓，它们体型饱满，颜色鲜艳。最后，生长在叶子最下面的草莓老人出现了，它们已经长成了深红色，水灵灵的，散发着一股特有的果香味儿，表面蒙着一层黄色的小颗粒。

不一会儿，热妮娅周围就堆满了草莓，它们在阳光下闪着亮光，一个一个伸着脑袋朝笛子的方向够。

"吹吧，笛子，吹！"热妮娅喊起来，"吹得再快一点儿！"

笛子吹得更快了，露出来的草莓越来越多，多得连叶子都看不到了。

不过，热妮娅还没有停下来的意思："吹吧，笛子，快点儿吹！"

笛子又加速了，森林里响起了欢快悦耳而又急促的笛声。这哪是在森林里啊，简直就是进入了一个大大的音乐盒。

蜜蜂正打算把蝴蝶从花瓣上推开，现在也停下来了；蝴蝶也不再扇动翅膀，"啪"的一声，就像合上书一样，把翅膀合了起来。刚出生不久的小画眉鸟们从自己柔软的窝里探出头来，激动地张大了黄色的小嘴，搭在树枝上的窝摇摇晃晃。

还有蘑菇们，一个个都踮起脚尖，挺直了身体，就是为了不漏掉一处笛声；就连出了名爱唠叨的鼓眼球老蜻蜓，也停留在半空中，沉浸在了这美妙的音乐声中。

"好啦，我现在要摘草莓了！"热妮娅心里想着，就伸手去摘最大最红的草莓。这时，热妮娅突然想起来，自己用罐子换了笛子，没有东西可以盛草莓了。

"哼，讨厌的笛子！"她生气地喊起来，"我的草莓没地方放了，你还玩儿得那么起劲儿。现在给我闭嘴！"

热妮娅跑回蘑菇精老爷爷那里，说："老爷爷啊老爷爷，把罐子还给我吧！我的草莓没有地方放了。"

"好的，"蘑菇精老爷爷回答道，"只要你把笛子还给我，我就把罐子还给你。"

热妮娅把笛子还回去，拿到了自己的罐子，迅速跑到采草莓的地方。

热妮娅回来一看，一颗草莓都没了，只有一些叶子。真是糟糕！罐子在，笛子不在。这可怎么办呢？

热妮娅想了想，决定再回去找老爷爷要回笛子。

热妮娅跑到蘑菇精老爷爷那里，说："老爷爷啊老爷爷，再给我用一下笛子吧！"

"好吧。那你要再给我罐子。"

"不给，我还得用罐子装草莓呢。"

"那，我不给你笛子。"

热妮娅恳求道："老爷爷啊老爷爷，没有你的笛子，草莓都藏到叶子底下不出来，那我还怎么摘到草莓，装满罐子呢？真的，罐子和笛子一个都不能少！"

"哼，你这个女孩儿真精明！笛子和罐子都想要！就算不用笛子，只用罐子，也可以采摘到草莓啊！"

"不可以啊，老爷爷。"

"那为什么别人就可以呢？"

"别人都是趴在地上，去叶子下面找，把草莓摘下来。一颗找到了，另一颗出现了，下一颗有了，第四颗就看见了。我可不喜欢那样摘草莓，一直弯腰，一直弯腰。不等装满罐子，我就得累个半死。"

"啊，原来如此！"蘑菇精老爷爷生气地说道，蓝灰色的胡子气得都变成了黑色，"原来如此！其实你就是个懒家伙！带上你的罐子走吧！休想再从我这里得到笛子！"

说完这些话，老爷爷跺了一下脚，就从树桩旁边缩到地下了。

热妮娅看了看手中空空的罐子，想到爸爸、妈妈和小帕夫利克还在等着自己，她赶紧跑回自己那片草莓地，蹲下来，去叶子底下找，摘到了一颗又一颗草莓。一颗找到了，另一颗出现了，下一颗有了，第四颗就看见了。

很快，热妮娅摘了满满一罐草莓。然后，她去找爸爸、妈妈和小帕夫利克。

"真是个聪明的孩子,"爸爸说,"摘了满满一罐草莓!是不是很累了?"

"不累,爸爸。罐子帮助了我。"

全家人一起往家走,每个人的器皿(mǐn)里都装满了草莓:爸爸满满一杯,妈妈满满一碗,热妮娅满满一罐子,小帕夫利克满满一盘子。

关于那支笛子,热妮娅没有对任何人说起。

你摘过水果吗?摘水果的过程中,你碰到过什么有趣的朋友、好玩儿的事吗?

珍 珠

在黑海阿尔卡季亚海岸，住着一条年轻美丽的鱼，名叫卡罗丽娜。水下王国的所有居民都赞叹她的美貌。小时候，卡罗丽娜每天和小鱼小虾们在海岸附近游来游去。他们故意扑打海水形成泥沙旋（xuán）涡，吓唬胆小的寄居蟹。寄居蟹害怕了，匆匆蜷缩到自己那形似瓦罐的海螺屋里。卡罗丽娜凭借着自己开朗活泼的性格和美丽可人的外表吸引了很多鱼类的注意。的确，这是一个非常可爱迷人的孩子。

慢慢地，卡罗丽娜长大了，变得更加美丽。此时的她，尾巴金黄透明，鳍像珊瑚一样色彩斑斓，嘴唇小巧，一双大大的眼睛像绿宝石一样。她的一些朋友觉得她有些轻浮。不过，我想，他们是因为嫉妒卡罗丽娜才这么说的。

向卡罗丽娜求婚的男子络绎不绝,哪怕只是看她一眼,就会马上爱上她。

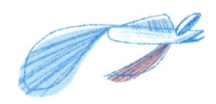

有两只刚从骑兵学校毕业的海马,差点儿在卡罗丽娜的窗外打起来。不过,卡罗丽娜很快让他们两个和好了,她说,她视他们如兄长,现在暂时谁也不嫁。

有一条叫利安德的虾虎鱼,是一名崭露头角的诗人,他以卓越的抒情才华在诗歌评论家中广为人知。他在贝壳上写八行韵律诗,然后将贝壳寄给卡罗丽娜。过了一段时间,美人儿的首饰盒里就塞满了写满诗的贝壳。

有一条稍年长的电鳐(yáo)鱼叫安东尼奥,他是著名的牙医,同时也是很有经验的外科医生。当地所有的海豚都找他清洁牙齿、镶牙。每天安东尼奥都会给卡罗丽娜寄送丰厚的礼物;每到周末,安东尼奥就

来到卡罗丽娜面前，向她求婚。

还有许多其他的爱慕者，不过，他们都没什么出众之处，若一一列举出来，会耗时很久，很没意思。

面对每一位爱慕者，卡罗丽娜都报以微笑，说："谢谢您带给我的殊荣。不过，我现在没有爱上任何人，也不打算嫁人。毫不避讳地说，我喜欢您，不过，我年纪还小，请给我一些自由。一年后再来吧，到那时候我会给您答案。"

爱慕者们一一离开了，他们对卡罗丽娜的美貌和柔情更加迷恋，同时，还有一丝丝忧伤。不过，他们并没有失去希望，一年后，他们还有可能获得卡罗丽娜肯定的答复。

一天，卡罗丽娜要去参加一场舞会。她正站在镜子前仔细打量着自己，突然，她在身体一侧的鳍下面发现了一粒小小的豆子，大概像一粒沙那么大。卡罗丽娜没有放在心上，往上面涂了一些香粉，就出发去舞会了。

过了几天，卡罗丽娜发现，这粒豆子已经变得像芥末籽那么大了。尽管这粒豆子没有让她感到不舒服，但是，卡罗丽娜内心隐隐感到了不安。

她匆匆赶去自己远方的亲戚那里，那是一条叫费娜的老比目鱼。这个老太婆终日待在海底，用泥沙遮挡自己，不接待任何鱼。有传言说，她是一个巫婆。

见到卡罗丽娜，费娜戴上乌龟壳做的老花镜，仔细查看卡罗丽娜鳍下面的这粒豆子。

"我可爱的侄女啊，"她郑重地说，"你不用担心，这不是祸事，相反，会有福运降临到你身上。这粒豆子是一粒形状特殊、质量上乘的珍珠。"

"什么？珍珠？！"卡罗丽娜无比惊讶地叫出来，"可是学校里的老师说过，珍珠长在贝壳里面啊！"

"没错，"老比目鱼说，"珍珠通常长在贝壳里。不过，也有例外。我的一本古老的魔法书里有记载，珍珠有时会长在鱼鳍下面。这种珍珠生长的时间越长，就会越大、越圆润，变得无比漂亮。鱼身上的这种珍珠被珠宝商视作无价之宝，一粒这样的珍珠就是一笔巨大的财富。没错，鱼长珍珠的情况非常罕见，一百年或两百年才会出现一次，只有集美貌和智慧于一身的鱼才会长出珍珠，而这样的鱼极少出现。"

"啊！看来这真的是一颗珍珠！"卡罗丽娜高兴地叫起来。

卡罗丽娜开始往家里游去，为了防止弄坏珍贵无比的珍珠，她一路上小心翼翼，用鳍紧贴着身体，以保护下面的珍珠。

从那以后,卡罗丽娜的性格变了。她不再去舞会,不再喜欢跳舞,以前她每天都和好朋友们一起游来游去,追逐打闹,如今她总是想尽办法躲避他们。她开始变得少言多思。

"你怎么了,卡罗丽娜?"朋友们很担心她,"你是不是哪里不舒服?"

卡罗丽娜很有教养,她知道如果告诉朋友们自己是命运的宠儿,获得了价值连城的珍珠,朋友们会很难过。

于是,她很有礼貌地回答:"没有不舒服,我一切都好,谢谢你们。"

她迷人的嘴角露出了神秘而又傲慢的微笑。

她爱上了孤独。

一个人的时候,她就会从梳妆盒里拿出镜子,长时间打量着自己的珍珠,现在它已经和豌豆一样大了。

"唉,我的珍珠长得这么慢啊!"她自言自语地说,"不过,长得越慢,质量就越好,等它长得像榛子,或者像核桃一样大的时候就更好了。这样我就可以从珠宝商那里换取更多的钱,到那时我就会成为世界上最富有的鱼。长吧，长吧！我不着急，反正我这一辈子长着呢。"

一年后，两只海马来找她，希望得到她的答复。卡罗丽娜看着他们半新不旧的制服，大声笑了起来，说："哼，不用了，亲爱的朋友们！不要再提起这个问题了。我不会嫁给你们中的任何一个人，永远都不会。再见了！"

"可是，美丽的卡罗丽娜，"其中的一只海马说，"告别的时候，您至少可以像以前那样，对我们说，您爱我们如兄长，这样多少能减轻一些我们的痛苦。"

"呃，"卡罗丽娜说，"这个我也做不到。"

"可这是为什么呢？"海马惊叫起来。

"因为，在我看来，你们太贫穷了。这很遗憾。不过，生活就是这样，我们不能改变什么。"

"可是，我们中的每一个人都做好了让你过好日子的准备，我们一生都会为之努力的呀！"海马大声喊起来。

"很遗憾，我想要的财富很多，你们一生赚取的财富加起来也抵不上，不仅如此，就算你们整个骑兵学校里所有的海马都加起来,结果还是如此。"卡罗丽娜叹了一口气,嘴角又浮现出了神秘的微笑。

"好吧,我们知道该怎么做了。再见了,无情的卡罗丽娜!"两只海马说完就奔赴战场了。在第一场战役中,他们展现出了惊人的勇气,在第二场战役中,他们双双阵亡。

而卡罗丽娜的其他爱慕者,无一例外地都得到了同样的答复。

虾虎鱼利安德痛哭起来,他说,自己的生命已经被摧毁,他要投岸自尽。不过,他并没有按照自己说的结束生命,而是毁掉了所有写着诗的贝壳,这些贝壳原本都是要送给卡罗丽娜的。后来,他以专栏作家的身份为报纸写稿,以尖刻辛辣的风格抨击了上层社会的道德风俗,还嘲讽了混乱的水下交通秩序。这很快为他带来了崇高的荣誉和巨大的财富。

再来说说电鳐鱼安东尼奥。他被拒绝后,冷冷地鞠了一躬,说:"您请自便,高贵的小姐。不想,就不必勉强。不过,请您记住,我永远都不会原谅您的。"

安东尼奥有尊严地离开了。他去参加了一个外科医学联合会的学术会议，在这个外科医学联合会里他担任名誉主席。

时光飞逝。卡罗丽娜的很多好朋友都嫁人了，甚至很多都有孩子了，而卡罗丽娜还是单身一人，像往常一样拒绝求婚者。她依然美丽动人，还是有人执著追求，不肯罢休。

"亲爱的，你到底想要什么啊？"她的朋友担心地说，"你这样很可能会成为一个老姑娘的！"

"我不怕,"卡罗丽娜说,"找到合适的我才嫁。"

"说得没错!可是,时间不等人啊!你会慢慢老去,等到那时已经晚了。"

"对于我来说,任何时候都不晚。"卡罗丽娜说,她的嘴角又浮现出了熟悉的微笑。

和从前一样,每当她独处的时候,她就照镜子打量自己的珍珠,现在这颗珍珠已经长得像榛子一样大了,经常会妨碍鳍的摆动。卡罗丽娜游泳的时候不得不斜着身体,歪向左侧,这样看起来并不怎么优雅。

渐渐地,几乎所有的爱慕者都离她而去,偶尔会有几条来自遥远的多芬诺夫卡海域的鱼向她求婚——关于卡罗丽娜难以接近的说法还没有传到多芬诺夫卡海域。

当然,卡罗丽娜已经不如从前那般年轻美丽,不过,依然招人喜欢。她一直等啊等,感觉自己一天比一天富有,珍珠现在已经和核桃一样大了。她看着每天都在增大的珍珠,总觉得现在卖掉很可惜。

此时的卡罗丽娜,已经完全和以前的朋友圈子脱离了。她要么独自坐在家里,打量自己的珍珠,要么去比目鱼费娜那里。在那里,有年老孤僻、全身长满

海草的牡蛎，还有背着光秃秃的硬壳、被蛤蜊爬满全身的螃蟹老人，他们组成了一个小圈子。这个小圈子虽然有些枯燥，但是，只要你钻进破罐头盒子——这些罐头盒都是多年前被人从岸上扔下来的——就可以尽情地享受沉默，没人会拉你出来追逐打闹，或者是跳舞。

就这样，几年又过去了，卡罗丽娜发觉，自己已经变成了一个老妇人。

她的珍珠已经像一个小苹果那样大了，重量也增加了，这位上了年纪的美人变得行动困难。

不过，往日的微笑并没有因此而消失。

一天，卡罗丽娜从姑姑费娜那里往家游。途中，她坐到路边的长椅上，在浓密的海藻阴凉下休息。在她的面前，是一家本市最好的酒店，名叫"海洋之星"，酒店的门都是由大理石做成的。正在休息的卡罗丽娜突然看到一辆豪华小轿车停在了酒店门口，从里面跳下一条年轻英俊的海豚。瞬间，卡罗丽娜感到一阵眩晕。

海豚两排小而尖的牙齿，犹如最洁净明亮的珍珠，

闪闪发光，圆圆的眼睛像茶水色的晶石一样，透露着青春和憨厚。他结实的身体闪耀着各种蓝色的色调：由无比刺眼的群青色到灰蓝色——三月份日落后一个小时的亚德里亚海岸，就会呈现出这种灰蓝色调。

"就是他！"卡罗丽娜大叫着跑向年轻海豚，此时海豚已经进到酒店里面了。

突然，她被看门人挡住了去路，看门人是一个全身长满刺的老海胆。

"这位女士,您有什么事?"

"我必须要见一下那位年轻的海豚先生!"卡罗丽娜尽量控制着自己激动的心情。

"我觉得,海豚殿下不会接见您。"

"海豚殿下?"

"是的,女士,他是来自爱琴海的王子,在这里只停留几个小时的时间,处理一些重要的事情。王子将要在这里举行婚礼,等婚礼一结束,他就要带着自己的妻子启程回国了。"

"哦,那我倒真的要瞧瞧了,"卡罗丽娜全身颤抖着说,"他娶了谁呢?"

"这位女士,您是不是来自遥远的多芬诺夫卡海,或者很久没有出来,不了解外面发生的事?现在海里所有的居民都在讨论这件事。殿下要娶的是克丽冉(rǎn)丽塔小姐——阿巴茹(rú)德太太的长女。"

"什么!"卡罗丽娜激动地大叫起来,"他要娶克丽冉丽塔?他要娶那个讨厌、冷酷的水母?"

"没错,女士。"

"不可能!我不明白,殿下怎么能看上她!她身上一无是处：没有朝气，没有美貌，没有感情，也没有思想。只需要阳光照一下她，你就会发现，她的身体和心灵像倒出酸牛奶的罐子一样空空荡荡。"

"您说得没错，女士。不过，事情是这样的，爱琴海王子虽然年轻英俊，可是，前不久他挥霍掉了全部家当，现在他要么去做一些苦力——这些工作对于高贵血统来说是不被允许的，要么就娶一个虽然有点儿糟糕但带有十万卢布嫁妆的富有水母。"

"什么！一共只有十万卢布？"

"这已经不少了，女士，"海胆认真地说，"您想想殿下当前是什么情况，他别无选择……"

卡罗丽娜没有继续听他絮叨，她一把将海胆推开，虽然海胆身上的刺刺伤了她，她也顾不得了。

在人们的观念中，鱼的血是冰冷的。其实，并非所有的鱼都这样。此时，卡罗丽娜的血液就像刚烧开的水一样滚烫。很快，她出现在了爱琴海王子的门外。王子正站在镜子前戴白色皮手套。王子英俊的外表比第一次见到时更加令她感到震撼。

看到自己门前有一条年老激动的鱼，年轻海豚的眼神里满是诧异。不过，没等海豚开口，卡罗丽娜就先说话了。

"尊敬的殿下！"她祈求着，微微抬起一片鳍，而另一片鳍因为珍珠的原因早已经麻痹，动弹不得了，"我一生都在等待您的出现，您终于来了！我知道，姑娘主动迈出第一步往往不被世俗接受。而我现在这样做，是因为，您那么英俊，是因为，我爱上了您。"

"可是，女士……"

"不，不，"卡罗丽娜全身炽热，无法停下来，"什么也不要说，请听我说完。我什么都知道。我很富有，不是一般的富有，我的财富多得无法想象。我拥有一座宝藏，世上无人能比。为了获得我的宝藏，任何一个珠宝商人都会不惜一切代价。和我的财富相比，卑微、稚嫩的克丽冉丽塔的嫁妆简直一文不值。我的宝藏会让我们变成全天下最富有、最幸福的一对儿。好，现在您可以说话了。"

"呃……"年轻海豚本来就很俗气，他眼睛里透着贪婪，"不过，我想看一下您的宝藏……"

"它就在您的面前，殿下。"卡罗丽娜说着，取下盖在珍珠上面的纱巾，给爱琴海王子看自己的珍珠。自从珍珠大得无法被鳍遮挡住后，卡罗丽娜就一直用纱巾盖着它。

海豚很不屑地看了看这颗珍珠，说："女士，您看，我也不是珠宝专家。我住的那片海里根本就没有珍珠。所以，我希望看到一些我更熟悉的东西。嗯……比如说，钱。"

"啊！那太简单了！"卡罗丽娜高兴地说，"我现在就去找珠宝商，马上就会给您带来一筐子钱，三筐子也有，要多少有多少。"

"我觉得,四筐子就足够了,"海豚说,"不过,我担心,您会拖得太久。一个小时后我就得去教堂了。"

"一个小时后,我一定会出现在您面前。"

"很好,"海豚从上衣口袋里掏出金色的怀表,"现在是两点四十五,到三点四十五,如果您没有来,无论我多么不情愿,都必须去教堂成婚了。"

为爱着迷的卡罗丽娜冲向珠宝商那里,想象一下吧,她的速度得有多快!

她时不时地会绊一跤，跌倒，然后爬起来休息。她衰老的心脏怦怦地敲打着虚弱的胸口。她呼吸困难，就像是被人从水里拎出来扔到了岸上。不过，她感觉此时的自己就像是插上了翅膀在飞翔。

"我给您带来了一件稀世珍宝，"她边走向珠宝商店的柜台边说，"它很值钱，我担心您没有足够的现金购买它。不过不要紧。我需要的不多，四筐子现金就够了。剩下的钱，不管有多少，我都不要了，您留着。我只求您，要快，越快越好！"

珠宝商是一只有经验的老螃蟹，见多识广，对什么事情都见怪不怪了。他戴上眼镜，说："女士，请先坐下。四筐子钱，我随时都能拿得出。不过，在谈钱之前，请允许我先看看东西。"

卡罗丽娜把自己的珍珠给他看。

老螃蟹上下左右打量了好长时间，一会儿摘下眼镜，一会儿又戴上。终于，他验好了，说："您说得没错，女士。它确实非常罕见。不过，您来错地方了。您应该去博物馆或者稀有物品展览馆。这是一个奇大无比的瘤（liú）子。很遗憾，我们店从来不收瘤子。"

"不可能!"卡罗丽娜大叫起来,几乎要昏厥(jué)过去,"这是珍珠,您没看出来吗?这是世界上最大的珍珠!"

"哎!女士,您搞错了。这不是珍珠,就是一个瘤子。不好意思,关于瘤子我知道得不能再清楚了。

"我那已逝的妻子右钳上也长过这样的瘤子,只是比这个要小很多。她的瘤子是因为钳子里进了沙子引起的。可我的妻子完全没有当回事。如果她没有被捉虾的小男孩儿捕去,她的那个瘤子还是会继续长的。还有啊,女士,您应该也知道,珍珠生长于一些很特别的贝壳内壁中,这种特别的贝壳叫'珍珠贝'。我还从来没有听说过,鱼的鳍下面会生长珍珠,即使是一条像您这样美丽的鱼……"

"可是,我的姑姑告诉我,她在古老的魔法书上亲眼看到过!"悲伤、绝望、嫉妒的情感充斥着卡罗丽娜的内心,她的声音像琴弦一样颤抖着。

"唉,女士,古老的书并不全都可信,尤其是魔法书。如果凡事都写在古老的魔法书上,那生活就会更容易、更快活了。可是,现在的您,是在哭吗?"

当英俊的海豚和自己年轻的妻子——水母克丽冉丽塔,从教堂里走出来的时候,卡罗丽娜和其他许许多多的贫寒百姓一起站在教堂的台阶上观看。现在的她已经年迈、驼背,她那不再美丽的眼睛里噙满泪水。

克丽冉丽塔认出了她,悄悄地对丈夫说:"殿下,看到那个可怜的妇女了吗?以前的她非常漂亮。我们曾在同一所学校上学,她当时可属于社会名流啊!"

写写"珍珠"的大小对卡罗丽娜性格的影响吧:

"珍珠"的大小	卡罗丽娜性格的变化

亲爱的、可爱的爷爷

"现在该干点儿啥呢?"

"你该去看书了。"

"我看不懂。"

"胡闹!这么大的孩子了,到现在还不识字。字母学会了吗?"

"学会了。"

"那你说,电视上写的是什么?第一个字母怎么读?"

"3。"

"'3'不是字母,是数字。这些都是字母。知道了吗?"

"知道了。"

"现在说说,这是什么字母?"

"我忘记了。"

"又是这句!这不是一般的字母,是你妈妈名字的首字母。"

"Ж[1]?"

"妈妈跟你一样大的时候才叫这个名字。现在妈妈叫另外一个名字!想一想!"

"Е[2]? Евгения[3]?"

"对啦!接着说,第二个字母怎么读?"

"В[4]。"

"真棒!接着呢?"

"Г[5]。"

"聪明!然后呢?"

"还是з。不对,不对!是Е。"

---

1   Ж 为俄语字母,发音近似"日"。

2   Е 为俄语字母,发音近似"叶"。

3   这是女孩儿妈妈的名字,读作"叶甫盖尼娅"。他们在电视上看到的是 Евгений,男人名,只有最后一个字母不一样。

4   В 为俄语字母,发音近似"甫"。

5   Г 为俄语字母,发音近似"盖"。

"没错!下一个呢?"

"下一个是 Н。然后是 и,再下一个还是 и,不过这个 и 是戴帽子的。对不对,爷爷?"[1]

"完全正确。那所有的字母连在一起呢?先别着急说出口,动动脑筋,好好想一想。身子别晃,坐好。来,拼读一下。"

"我不会。"

"那就唱!"

"唱?"

"对。像唱歌那样,唱出来。"

"Ев-ге-ний(叶甫盖尼)。"

"很棒!接着,下一个单词。"

"下一个是字母 О[2]。这个词是 Москва(莫斯科)。对不对,爷爷?"

"你一个字母一个字母地拼。"

---

[1] Н 为俄语字母,发音近似"那";И 为俄语字母,发音近似"衣"。

[2] О 为俄语字母,发音近似"欧"。

"O-H-E-Г-И-H。"

"那连在一起呢?"

"Евгений Онегин（叶甫盖尼·奥涅金）。"

"聪明!"

"爷爷，那上面的小字母怎么读啊？我一个也看不懂!"

"那里写的是'柴可夫斯基'[1]。"

"叫'科尔尼·伊万诺维奇'[2]的那个?"

"我的天呢! 不是那个人!"

"那是哪个?"

"彼得·伊里奇。"

"他是干吗的?"

"这是伟大的作曲家，知道了吧?"

"电视上的这个照片就是他?"

"对，是他。"

"他的胡子那么大，真有意思! 现在出来的这个

---

1 柴可夫斯基为俄罗斯人的姓。
2 苏联儿童文学作家。

人是谁?他的女儿吗?"

"我觉得不是。"

"那是谁?"

"报幕的人。"

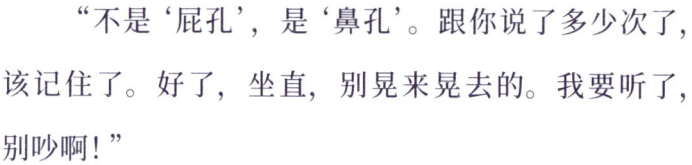

"她的屁孔怎么长那样啊?"

"不是'屁孔',是'鼻孔'。跟你说了多少次了,该记住了。好了,坐直,别晃来晃去的。我要听了,别吵啊!"

"听什么?报幕人都说了些什么啊?那这个叫Евгений Онегин(叶甫盖尼·奥涅金)的人什么时候开始表演啊?"

"已经开始了。"

"现在又在干什么呢?"

"乐队奏乐。"

"那里怎么放那么多空椅子啊?音乐家都生病不来了吗?无聊!要不我们换个台吧?说不定有'晚安宝贝'的节目?这里什么都看不到,只能听。"

"安静!演员马上就出来了!看,这不是吗!"

"这是在农村的小房子里吗?他们在干什么?"

"煮果酱。"

"什么果酱?"

"樱桃果酱。"

"带核儿吗?"

"不带。"

"那樱桃核儿哪里去了?"

"用夹子夹出来了。"

"然后就扔掉了?"

"对!"

"扔到乐队里面去了?"

"安静,别吵!"

"这又是在干什么呢?"

"唱歌。"

"唱关于狮子的歌?"

"什么狮子啊!跟狮子一点关系都没有。"

"不对,就是在唱关于狮子的歌。'狮子听到了,狮子听到了'。爷爷!"

"什么事?"

"狮子到底听到了没有啊?"

"不懂你在说什么。"

"如果狮子真的听到了,会发生什么?它们会跑过来吗?"

"谁?"

"狮子啊!"

"不会。这里不是马戏团。"

"那是什么?"

"剧院。"

"狮子到剧院里来吗?"

"很少。极少极少。"

"走过来的这两个女人又是谁?"

"两姐妹。"

"她们叫什么名字?"

"胖胖的那个叫奥莉雅,黑黑的那个叫丹妮娅。"

"那第三个姐妹呢?"

"没有,只有两个。"

"如果她们的妈妈来了,就是'三姐妹'[1]了。"

"那就不是歌剧了。"

"那是马戏?"

"不是,是戏剧。"

"煮樱桃果酱的这两个人是谁?"

"妈妈和佣人。"

"那么年轻?"

"老天啊!别吵了!能不能闭嘴?哪怕一分钟也好。"

"奥莉雅有钱吗?"

"为什么这么问?"

"我看她穿得很漂亮,衣服上有花边。那丹妮娅呢,是不是很穷啊,爷爷?"

"别说话了!丹妮娅也很有钱。"

"真有意思。一个长得白白的,一个长得黑黑的,一个很活泼,一个有点忧伤。爷爷,我看这个活泼的

---

[1] 《三姐妹》是俄罗斯作家安东·巴甫洛维奇·契诃夫创作的戏剧,写于1900年。

奥莉雅在用手指头蘸果酱尝，另外一个叫丹妮娅的女孩儿一直在假装看书，她看的书可能是算术书。快看，爷爷，跳舞和唱歌的节目要开始了，我们换个台吧。"

"等一下，等一下就会有意思了。"

"是不是该上来男的了？"

"有可能。"

"来了！来了！看啊，爷爷，这个人披着斗篷呢！爷爷，这人是谁啊？海京吗？"

"小姑娘你好呀！你这是从哪儿得来的消息啊？"

"刚才说了，海京马上就要上台了。"

"刚才说的是乐队指挥要上台了，不是说有人要上台表演了。"

"那这个人呢，就现在走上来的这个，叫什么名字？"

"林斯基。"

"我还以为是普希金呢。他穿得跟普希金一样。"

"不是，这不是普希金。"

"那他怎么披着斗篷？"

"因为这个所以那个！你有完没完了？别打扰我

听歌剧！"

"那他是好人吗？"

"非常好的人。"

"这个人又是谁呢？"

"诗人。"

"他是那个很活泼的奥莉雅的丈夫吗？"

"现在还是未婚夫。"

"那未婚夫是好还是不好呢？"

"看对谁来说了。"

"爷爷，快看！又有一个人和林斯基一起走过来了，是海京吗？"

"海什么京啊？海京是乐队指挥的名字。"

"那他是谁？"

"地主老爷。"

"听不懂。"

"你用不着懂。"

"那他是谁？普希金？"

"怎么成普希金了？"

"因为他穿着斗篷呢，头发也是卷的。"

"不对,不是普希金。"

"那他叫什么名字?"

"叶甫盖尼·奥涅金。"

"根本不是!这是阿尔贝宁。"

"瞎说!"

"阿尔贝宁!就是阿尔贝宁!我认识他。昨天我在电视上看到他了,他用冰激凌把自己的妮娜害死了,这个人简直疯了。"[1]

"完全不对。那是别的节目。你说的应该是诗剧。"

"那我们现在看的是什么?"

"歌剧。"

"什么歌剧?"

"《叶甫盖尼·奥涅金》。"

"他是好人吗?"

---

[1] 阿尔贝宁是诗剧《假面舞会》里的人物,妮娜是他的妻子。阿尔贝宁误认为妻子妮娜背叛了自己,将毒药放在了她的冰激凌里,结果妮娜吃了后身亡。这首诗由俄罗斯作家米哈依尔·尤利耶维奇·莱蒙托夫于1835年创作完成。

"一般人。典型的纨绔子弟。"

"那丹妮娅喜欢他吗?"

"非常喜欢!喜欢得不能再喜欢了。看到没有,丹妮娅从家里跑出来,和他散步呢!"

"那他是干什么的呢?诗人吗?就像林斯基那样?"

"不是。"

"那就是'小兔子'?"

"不懂你在说什么。"

"爷爷,是这么回事!林斯基是诗人,写诗的人,那这个叶甫盖尼·奥涅金呢,就是'小兔子'。"

"一点也听不懂。什么小兔子?"

"嗯,那就是大兔子。"[1]

"啊——散文作家啊!这样说就对了!不是,他不是散文作家。"

"那他做什么?"

"什么也不做!亲爱的孙女啊,你一个接一个地问,问得我头晕!别说话了,看电视。"

---

[1] 俄语中"兔子"和"散文作家"发音很接近。

"丹妮娅已经爱上他了吗?"

"好像是。"

"爷爷,接着丹妮娅就要跳河了吗?"

"胡说八道。"

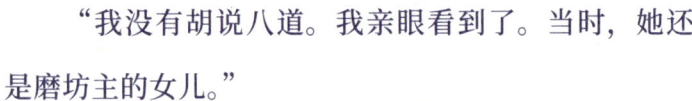

"我没有胡说八道。我亲眼看到了。当时,她还是磨坊主的女儿。"

"好了,你叨叨吧,接着叨叨!我的天啊,已经该幕间休息了。"

"接着会演什么?"

"写信。"

"听写?"

"比这个还要糟糕。是写作文。嘘!开始了。"

"这么快就开始了?"

"难道还要等谁?三,二,一——开始了!"

"她要干什么?这是要躺下睡觉了?"

"和佣人聊天。"

"用俄语?"

"当然了。"

"我一句也听不懂。她们聊什么呢?"

"主要是聊爱情。佣人说，爱情是愚蠢的，现在最好躺下睡觉。"

"那丹妮娅怎么做的？"

"你不是已经看到了吗，她让佣人出去，她要给叶甫盖尼·奥涅金写信了。"

"那她唱的是什么？"

"唱了很多。比如说，'我无法抑制住自己，我要写信给你'。"

"她要表白了吗？"

"对，要表白了。嗯？你怎么了？怎么突然扭起来了，椅子上有钉子？"

"我肚子疼。"

"是操心太多了吧？"

"爷爷，你知道吗？"

"知道什么？"

"我得赶紧上厕所。"

"那还等什么？快点儿去啊！"

"那等一下，你给我讲，发生了什么。"

"一定！"

"好了,爷爷。"

"洗手了吗?"

"洗过了。我不在的时候演什么了?"

"没什么,还在写。"

"地址写好了吗?然后,她就要投到信箱里了?"

"不用,佣人的儿子会来取信。"

"直接送给奥涅金?"

"直接送到本人手中。"

"那他读完了吗?"

"这不,正读呢。"

"怎么样?他愿意跟丹妮娅结婚吗?"

"等一下就知道了。"

"太好看了!"

"上半场结束了,现在幕间休息。"

"快看,爷爷,戴项链的报幕员又出来了。她说的什么啊?"

"她说,有些小孩子,坐在椅子上晃来晃去,把进口的椅子都弄坏了,柴可夫斯基都生气了。"

"这是在说我吗?"

"那还能说谁?"

"下面该演什么了?"

"奥涅金在和丹妮娅解释。"

"奥涅金不想和她结婚?"

"现在开始演了,马上就会知道了。你怎么闭上眼睛了?"

"我害怕。"

"怕什么?"

"怕奥涅金过来说,不想跟丹妮娅结婚。"

"奥涅金已经来了。"

"他唱的什么?"

"他想让丹妮娅不要拒绝。"

"那她拒绝了吗?"

"没有拒绝。"

"真是个笨蛋!应该拒绝!现在奥涅金又说什么了?"

"他说,他根本就不爱丹妮娅。"

"那丹妮娅呢?"

"深受打击,呆呆地坐着。"

"被枪打了?"

"不是,心里受到打击。"

"真可怜!结束了吗?可以睁开眼了吗?"

"睁开吧。幕布拉下来了。"

"现在该演什么了?"

"我的小宝贝,然后,就该小女孩儿躺到自己舒服的床上,美美地睡觉了。"

"亲爱的、可爱的好爷爷!我最最亲爱的爷爷!别赶我走!剩下的不多了,我就是想知道,后来发生什么了。"

"该到拉丽娜的舞会了。"

"是丹妮娅和奥莉雅两个人的舞会吗?这个讨厌的叶甫盖尼也会来吗?"

"会来的。嘘!开始了。"

"舞会?"

"没错!看,开始跳舞了。"

"海京指挥吗?"

"对。"

"为什么开舞会,庆祝五一劳动节?"

"不是,庆祝丹妮娅的命名日。"

"那为什么这个叶甫盖尼·奥涅金不和丹妮娅跳舞,却和她的姐妹、那个活泼的女孩儿奥莉雅跳?"

"他想报复林斯基。"

"那林斯基会怎么样?"

"很明显,生气了啊!"

"那丹妮娅呢?"

"也生气了。"

"最好让这个可恶的奥涅金跟林斯基跳舞,对不对啊,爷爷?"

"你说得对!你棒,你最棒……"

"我知道,我知道,天下属我第一强。我说得对吗,爷爷?"

"不要再晃来晃去,不要破坏家具。你怎么了?发抖啊?"

"我害怕。"

"怕什么?"

"我怕他们会打起来!"

"他们不打架。"

"那接下来呢?"

"接下来会发生家庭丑事。"

"什么丑事?"

"决斗。"

"什么是'决斗'?"

"这个简单,就是'砰',完事了!"

"用机关枪?"

"用大炮。"

"那大炮好还是不好?"

"求求你了,老天爷,让她闭嘴吧!"

"现在这个人唱什么呢?"

"他在唱,自己在别人家闹事了,请求原谅。"

"那其他人对他说了什么?"

"别人就说,没关系,没什么大不了的。"

"那叶甫盖尼·奥涅金呢?"

"回家啦。"

"坐电气火车?"

"骑马。"

"就像在马戏团那样?"

"没错。"

"那奥莉雅呢?"

"把手折断了。"

"谁的手?"

"她自己的。"

"那她的妈妈呢?"

"昏倒了。"

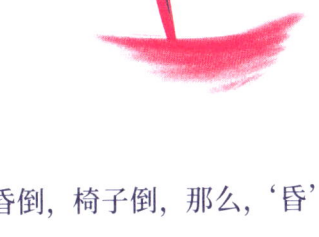

"'昏倒'是什么意思?昏倒,椅子倒,那么,'昏'就是'椅子'的意思,对吗?"

"别说话,别晃!你看你,激动得都坐不稳了。老实点儿,这不,要结束了。"

"看完干什么呢?"

"你知道的,该干什么?"

"上床。"

"没错。现在什么都不要说,齐步走,上床去。"

"可是还没结束呢。"

"你的事情已经结束了。去睡觉!马上!"

"不要睡!"

"哦!你这么大声跟自己的好爷爷说话?"

"亲爱的、可爱的好爷爷,让我再待一会儿吧。我真的很想亲眼看看,他们是怎么开枪的。"

"你怎么知道会有人开枪?"

"是你自己说的啊,叫她……过来……然后'决定'……"

"决斗!"

"对,对,就是这个词。"

"快去睡!"

"哎呀,亲爱的爷爷!哎呀,可爱的爷爷!我最最最喜欢的好爷爷!"

"瞧,真是个机灵鬼,知道怎么对付自己的爷爷。嗯,好吧,再待十分钟,最后十分钟。老老实实坐好,开始了。"

"哦,磨坊!那磨坊主呢?爷爷,磨坊主变成乌鸦了吗?"

"磨坊主是别的歌剧里面的人物。"

"我们已经看过了吗?"

"看了一千次了。"

"这个故事讲的是一位公爵和别人结婚了,磨坊主的女儿就跳河了，变成了一条美人鱼，后来又变成了一条小美人鱼。对不对啊，爷爷？"

"讲得基本没错。闭上嘴巴，哪怕一分钟也行啊，不然你的力气全都用光了！"

"现在这个人唱什么呢？是在唱蛇吗？"

"唱哪门子蛇啊？"

"唱的是蟒蛇。刚才唱的是狮子，现在许多蟒蛇要溜走了。爷爷，蟒蛇要溜到哪里去啊？"

"你要把我逼疯了！根本不是什么蟒蛇。'去哪里，你们要溜去哪里，我幸福的时光'，所以，不是什么蟒蛇溜走，而是幸福的时光。听懂了吗，你？"

"懂了。那它们到底要溜去哪里呢？"

"我不知道！坐好，别晃！听好了，如果你再破坏椅子，我马上换到二台。"

"爷爷，不要！求求你了。二台可能正在播放古怪的喝完。"

"你又胡诌什么呢？什么'喝完'？"

"在古怪的喝完啊。"

"不是'喝完'，是'河岸'。"

"河岸?这是什么?是法语吗?"

"不是,是俄语。"

"无所谓了。最好看'枪毙'的节目吧。"

"什么节目?"

"那个……嗯,就是那个……'枪毙'。"

"不是枪毙,是决斗。"

"对,决斗。"

"算了算了。"

"那他们的机关枪呢?"

"不用机关枪,用手枪。会有人拿来的。看,拿来了吧。"

"一把枪装满弹了,另一把没装,对不对啊,爷爷?"

"不可能的事。决斗很公平,两把枪都装满了。"

"装的地雷弹?"

"子弹。"

"然后,他们就要开枪打了?要是一个人开枪晚了呢?"

"那就呜呼了。"

"'呜呼'就是要演奏小号了吗？亲爱的、可爱的爷爷，快把我藏起来……我害怕……"

"别叫了，不要爬到桌子下面！"

"我怕……我好怕……他们要开枪了。我最好闭上眼睛，捂上耳朵。爷爷，已经开枪了吗？"

"开过枪了。爬出来吧！"

"谁打死谁了？"

"奥涅金打死了林斯基。"

"真的打死了？"

"千真万确。你哭什么呢，小傻瓜？"

"我心疼奥莉雅。她的未婚夫就这样躺在了地上。笨蛋，傻瓜！我再也不想看这么讨厌的节目了！"

"说得没错。去睡觉吧，你困得眼睛都睁不开了。"

"后面会发生什么呢？丹妮娅会跳河吗？"

"不会。"

"那会发生什么？"

"明天我会给你讲。现在跟我说'晚安'，然后回房间睡觉觉。"

"晚安，亲爱的、可爱的爷爷。做个好梦，祝你梦到小山羊、小毛驴……"

"山羊和毛驴就不用了。别磨磨蹭蹭了。麻利点。"

"小毛驴半夜来,小山羊早上来……"

"走,走……"

"明天早上给我讲,发生了什么。"

"我保证。"

"爷爷,现在已经是明天了。我可以进来了吗?"

"首先,你要有礼貌地敲门,然后呢?你知道的,然后怎么做?"

"我知道,我知道。应该说:早上好,亲爱的、可爱的爷爷。那现在,给我讲讲,后来发生什么了?丹妮娅跳河了吗?"

"没有。"

"那怎么样了?"

"嫁给了一个将军。"

"这个将军老吗?"

"就那样。不是很年轻。"

"真是个笨蛋!我绝不会跟老头儿结婚。"

"为什么?"

"因为老头儿都有老婆。我要嫁给一个年轻的、头发卷卷的、长得好看的人。"

"为什么偏偏要嫁一个头发卷卷的、长得好看的人呢?"

"这样和他一起走在街上就不会不好意思了啊!"

爷爷是小朋友最亲爱、最可爱的玩伴,回想一下爷爷做过的、让你印象最深刻的一件事吧。

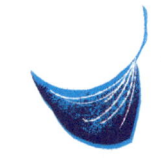

鸽子

从早上开始，雨就一直下个不停。大风猛烈地刮着，高高的松树被吹得东倒西歪，干瘦的树枝不停地敲打着门窗。森林里一片昏暗，地上的水已经没到了脚脖子。

热妮娅和帕夫利克不能去散步了，他们一整天都待在房间里，无聊极了，突然听到"咕——咕——咕"的声音。

孩子们马上把头探出窗户，抬头一看，屋檐下有一只鸽子。看来，它是掉队了。鸽子在森林里迷了路，全身湿透了，只好到屋檐下躲雨。

这只鸽子非常漂亮，全身洁白，腿上毛茸茸的，一双眼睛是粉色的。

它在屋檐下来回走动,灵巧地转动着头,边用喙梳理着湿漉漉的羽毛,边说着:"咕——咕——咕。"

热妮娅和帕夫利克非常高兴,对着鸽子大喊起来:"你好,小鸽子!可怜的小鸽子!到我们家里来吧,鸽子!我们给你喝粥!"

鸽子只是礼貌地回答着:"咕——咕——咕。"

它没有进来,可能是有点害怕。外边还下着大暴雨,电闪雷鸣。妈妈进来了,关上窗户,嘱咐孩子们喝牛奶,然后去睡觉。

"妈妈,"热妮娅说,"我们想和鸽子玩儿一会儿。"

"对,我们想和鸽子再玩儿一会儿。"帕夫利克紧接着说,他总是重复热妮娅说的话。

可是,妈妈说:"今天已经很晚了,该睡觉啦。鸽子也要睡觉了。明天会是个好天气,你们早点儿起床,可以和鸽子玩儿上一整天。"

孩子们喝完牛奶,就上床睡觉了。他们好久都睡不着,悄悄说着关于鸽子的事情,计划着明天怎么和鸽子玩儿。

"明天我要把它包起来。"热妮娅说。

"不，明天我要找根绳子把它套住。"帕夫利克说。

"不行，我要给它洗澡。"

"不行，我要摸摸它。"

"不行，我要教它说话。"

妈妈进来了，说："别说话了。睡觉。"

热妮娅和帕夫利克翻过身去，赶紧闭上眼睛睡了，这样明天很快就可以到了。

第二天一大早，他们就醒过来了。雨停了，风止了，松树不再摇动，森林里洒满了阳光，草地上的露珠闪耀着晶莹的光芒。热妮娅和帕夫利克快速地穿上衣服，洗脸，然后从窗户伸出头，看鸽子。

可是鸽子不在了。他们跑到花园，找了一遍又一遍，也没有发现鸽子。

"你们在找什么？"爸爸隔着窗户问。

"爸爸，我们在找我们的小鸽子呢！"

"很可惜，你们的鸽子已经死了，昨天夜里被猫头鹰吃掉了。"爸爸说着，给孩子们指了指白桦树下的一片草坪。那儿散落着一小撮儿白色的羽毛——仿佛是谁撒落的几片雪花。

热妮娅和帕夫利克哭了起来,可是有什么办法呢!

此时的猫头鹰,正落在科尔涅爷爷的阁楼上,咂吧着嘴巴。

可怜的鸽子!

你养过小动物吗?说说你最喜欢的小动物吧。

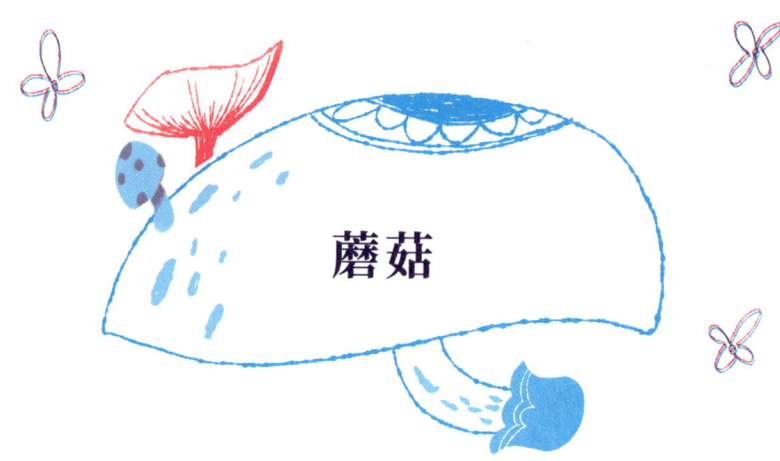

蘑菇

热妮娅和帕夫利克住在城里,一天,他们来到堂妹伊娜琪卡家里做客。

"孩子们,"妈妈说,"你们坐着没事干,去森林采蘑菇吧。回来我们看看,谁采的蘑菇最好。"

"我采的蘑菇最好。"帕夫利克说。

"不,我的最好。"热妮娅说。

而伊娜琪卡什么也没说。她是个安静的孩子。

孩子们来到了森林里,各自找了一片地方。一个小时后,他们返回到集合地点。

"我采的蘑菇最好。"帕夫利克从远处就大声叫着说,"我的蘑菇最多。瞧瞧,满满一桶!"

妈妈看了看,笑着说:"没错,你采了满满一桶蘑菇:没有一个好蘑菇,都是一些有毒的蘑菇。小朋友帕夫利克,看来你采的蘑菇不怎么样啊。"

"啊哈!"热妮娅大叫起来,"我说过了,我采的最好。看吧:我的蘑菇最大,最好看,红色的蘑菇上面长着白色圆点儿,谁都没有采到这么好看的蘑菇。"

妈妈看了,大笑起来:"傻丫头,这是蛤(há)蟆(ma)菇,它们虽然好看,但是没什么用,吃了会中毒。所以说,你采的蘑菇也不怎么好,热妮娅。"

伊娜琪卡安静地站在一边,什么也没说。

"你呢,伊娜琪卡,怎么不说话?让我看看你采的蘑菇。"

"我采得实在是太少了。"伊娜琪卡有点儿不好意思。

妈妈往伊娜琪卡的筐子里看了看,里面躺着十只非常好的蘑菇:两只红菇,长得就像粉红的小花一样,非常漂亮;两只黄丝菌,看起来就像中国人戴的黄色草帽；一对堂兄弟——鳞柄牛肝菌和橙黄牛肝菌；一只卷边乳菇；一只松乳菇；一只毛头乳菇；还有一只又大又厚实的大脚菇，就好像是顶着一个丝绒贝雷帽。

在最上面，还有整整一簇蜜环菌，它们紧紧依偎在一起，就像是一群勇敢、可爱的孩子。

"少"不代表"不好"，每个小朋友都有自己的优点，你觉得自己的优点是什么？

树桩

森林里有一根又粗又老的树桩。

一位背着包的老奶奶走了过来,对着树桩鞠了一躬,然后离开了。

两个背着箩筐的小女孩儿走了过来,对着树桩鞠了一躬,然后继续赶路。

一位背着口袋的老爷爷,呼哧呼哧地走过来,对着树桩鞠了一躬,然后步履蹒跚地离开了。

一整天森林里来了各种各样的人,每个人走到这里都对着树桩鞠一躬,然后才继续赶路。

老树桩洋洋得意起来,对旁边的树说:"你们都看到了吧,就连人类都朝我鞠躬。老奶奶来了,给我鞠一躬;小女孩儿来了,给我鞠一躬;老爷爷来了,给我鞠一躬。从我身边经过的人，没有一个不给我鞠躬的。很明显，我是森林之王。你们，也都应该给我鞠躬。"

旁边的树沉默不语，它正沉浸在自己傲人而又悲伤的秋色中。

老树桩发怒了，大喊起来："给我鞠躬，我是森林之王！"

这时，一只敏捷的小山雀飞了过来，停在一棵年轻的白桦枝头，它刚一碰触到白桦树泛黄的齿状树

叶，树叶就一片片地飘落下来。小山雀叽叽喳喳地叫起来："哎呀，森林里这么吵啊！安静一会儿吧！你不是什么森林之王，就是一根普通的老树桩。人们根本不是在朝你鞠躬，他们只不过是想看看，你那里有没有蜜环菌。很多地方的蜜环菌已经被采光了，很难找到了。"

骄傲的反义词是谦虚，一个谦虚的人应该是什么样的？

惊喜

"剧院"这个词,与我最初的童年记忆紧密相连。当时,我的妈妈还在世,也就是说我还不到五岁。[1] 不过想想,我那时差不多也就是三四岁的年纪。

妈妈和爸爸都是痴迷的戏剧爱好者。晚上妈妈哄我睡觉时,已经为看戏梳妆打扮好了:她戴着一顶插有鹰羽毛的高礼帽,围着一块带黑色花纹的面纱。礼服的袖子是百褶袖,细软的皮革手套很长,一直延伸到肘部。

再看爸爸,他身穿丝绸做内衬的燕尾服,整件衣服被洗得干干净净,后襟平直地往下伸展,非常时髦。

---

[1] 作者的母亲逝世于作者五岁多的时候。

爸爸将熨（yùn）烫得发亮、尚有余温的手帕两次对折后，连同古老的钱夹一起放进口袋里。

爸爸妈妈轮流亲吻我的额头。我知道，他们要去剧院了，这是一个神秘而又充满节日气氛的地方，那里会举行一场活动，这个活动有一个响亮、灿烂的名字——戏剧。

当时，在我看来，"戏剧"这个词和"望远镜"一样，都来自庄严而神秘的世界。我家的望远镜，其实是一部简陋、破旧的机器，它被一个老旧的套子罩着，这个套子摸上去有点儿硬，底部是木头做的。妈妈把望远镜放在自己的包里，这个包的表面镶嵌着发光的黑色亮片。我知道，在这个包里，有盛着"盐"的小瓶，而这种"盐"和厨房里食用的盐没有任何相似点，还有治疗头痛的"铅笔"，这种"铅笔"和爸爸画图用的铅笔也不是一回事。

爸爸和妈妈怎么离开的，我就不知道了。我一般是一躺到床上就睡着。通常，我最后看到的场景都是这样的：爸爸妈妈正站在铺着印花布的梳妆台前穿大衣，妈妈用刷子刷爸爸大衣领子上浅蓝色的天鹅绒带子和黑色宽檐的自由思想家戴的礼帽。大约三十年后，我看到马克西姆·高尔基在那不勒斯[1]时戴过一模一样的帽子。

我躺在自己的小床上，床头板上悬挂着一个蓝色

---

[1] 意大利城市。

的圣瓦连京[1]的搪瓷塑像，床上方是白色纱线织成的床帐，这个小小的床帐仿佛将我与外面的世界隔离开来了。我满怀期待地进入了梦乡。

因为爸爸妈妈每次从剧院回来，都会带给我一个惊喜。

对我来说，"惊喜"这个词与"剧院"，就像"戏剧"与"望远镜"的关系那样，密不可分。

我特意把自己长长的毛线袜找来挂在床头板上，到了早上，里面就会有神秘的惊喜等着我。经常是一个用银白色锡纸包裹着的大大的巧克力蛋，这个巧克

---

[1] 在俄罗斯，瓦连京是一名传说中的义士，他扶危济困，救治病人，被人们尊称为圣人。

力蛋是中空的,很轻,打开以后,里面是更大的惊喜——一枚被彩纸包裹着的戒指或者耳环在巧克力蛋里面摇晃着。

毛线袜里的巧克力蛋给我留下的印象最深了。晚上的毛线袜还是空空、扁扁的,看上去不怎么招人喜欢;而到了早上,里面已经躺着一个大大的球了。我把手伸进毛线袜里,把惊喜掏出来。

它是怎么进去的?什么时候进去的?

爸爸妈妈刚刚离开,然后"啪"的一声,就是早上了,他们还在睡觉,而"它"已经在这儿了!

我知道,是这么一回事:爸爸妈妈夜里从剧院回来,把惊喜放进了毛线袜里。

那么,神秘的"夜"到底是个什么东西呢?"晚上"这个词我明白:厨房里的灯亮起来,时钟嘀嗒嘀嗒地敲打着,加了糖的茶水里清晰地倒映着灯罩的影子。瞌睡虫似乎有一股不可抗拒的力量,将我的上下眼皮紧紧地黏合在一起,让我没办法睁开眼睛。大人把我抱起来,放到小床上,然后把我的鞋子脱下来……那"夜"呢?我从来没有看到过它。我总是睡得很沉,每次"夜"都是从我身边飞驰而过,快得就像秒针转动一下。眼睛一闭一睁,夜就溜走了。

有很多次,我拼命让自己不要睡着,想亲眼看到不可思议的那一刻:想亲眼看到惊喜进入毛线袜的神奇时刻。

有一次,半夜的时候我醒过来了。我看到什么了呢?空荡荡的房间有点儿可怕,墙纸上呈现出一束束褐色的花朵,抽屉柜上站立着一盏红色的凝胶小夜灯。他们还没有回来。我摸了摸毛线袜子,还是空的。我又躺到床上,脸颊刚一沾到枕头,就是早晨了。

我从床上跳起来。

他们已经躺在自己的床上了,正安静地睡着。不过,我感觉妈妈的一只眼睛留着一条缝,从这条缝里透出黑色的、好奇的光。爸爸在睡梦中微笑着,好像控制着不让自己笑出来,还时不时地发出打鼾声。我的心紧张起来,伸手去摸袜子。"它"已经在了。真神奇!它是什么时候进去的?

我从袜子里取出一个大大的巧克力蛋,迫不及待地剥开包裹在外面的锡纸,又掰开巧克力蛋,在巧克力蛋正中间,我看到一个包裹着锡纸的小猪,小猪的背后有一个小环。很快,我全身就被软软的巧克力弄得脏兮兮的。

有一天,爸爸和妈妈打算早点儿出去。我听到了一个新的词——"演讲"。他们要去听演讲。这个很少见的词一下子引起我的兴趣。第二天早上,在毛线袜里我没有找到巧克力蛋,而是看到两片英式饼干。

我很快就知道了,饼干来自我们家的厨房。爸爸妈妈像往常一样睡着，他们看起来有点儿不好意思。

我假装自己见到饼干很开心，很想把它吃掉。最后，我带着失望的心情吃下了饼干，平淡无味的饼干碎屑撒到了我温暖的小床上。

直到现在，我依然非常喜欢剧院，对于我来说剧院有着温暖的巧克力味道。我不喜欢演讲，它就像是老式的饼干一样，干硬而无味。

生日、节日的时候，你收到过什么惊喜礼物吗？画下来看看吧。

音乐

　　接近五点的时候，妈妈有客人要来，现在才四点钟。也就是说，妈妈如果稍微抓紧一点儿，还来得及去趟海边，下海游一会儿泳再回来。女儿伊琳卡还太小，很倔强，总是希望大家的注意力都集中在自己身上，而且，她现在走路还不稳。妈妈明白，如果带上伊琳卡，五点前肯定赶不回来。五点钟，客人们肯定都来了。她对我说："我的好朋友，你在我家，我把你当成自己人。你帮我看会儿伊琳卡，我去游会儿泳。保姆还要做饭，我尽量早一点儿回来。"

　　伊琳卡蹲在离凉台不远的地方，正卖力地把谢廖（liào）沙的铅笔埋入沙土中。她是个小机灵鬼，正在偷笑，说不定，她正想象着谢廖沙惊讶、伤心的那

一幕:突然发现自己的铅笔不见了,可是,无论怎么抓狂地找,都找不到。看来,伊琳卡沉浸在自己的游戏中,根本没有发觉周边正发生的事情。不过,妈妈话音刚落,她就反应过来,朝我们这边走来,手里紧攥(zuàn)着的沙土都忘记扔掉了。她脸色大变,嘴巴向两边撇(piě)开去,看得到里面的舌头颤动起来;巨大的泪珠汇成两条奔涌的河流,沿着鼻子两侧往下流,两条河流在下巴处交汇,积成了一个大水洼。

"妈妈!我要跟你去,我要跟你去!"她大喊着,踩着一级一级台阶往上登。她那肉嘟嘟的、晒得呈铜褐色的小腿行动笨拙。她把手里攥着的沙土扔掉,不好走的地方就用手来帮忙。"妈妈!还有我!还有我!"

她抱住妈妈的腿,脸紧贴着妈妈那散发着迷人果酱味道的裙子。接着,伊琳卡急得开始不停地跺脚。她胖嘟嘟的脖子涨得通红,珊瑚项链钻进后脑勺黝(yǒu)黑色的皮肤褶皱里。

"真是麻烦……"妈妈叹了一口气说,"好吧,带你去。快,去拿帽子。"

伊琳卡把带有泪痕的脸从妈妈的裙子上移开,手依然紧紧抱着妈妈的腿没有松开。她仰起头往上看,熟悉的脸庞正从高处向下朝她微笑着。

"你不骗我吧?你不会丢下我走吧?"伊琳卡很担心,赶紧问道。

"你说什么呢,傻孩子!放心吧,妈妈永远都不会骗自己的女儿的!"

伊琳卡快速地跑到房间里,又回过头看一眼妈妈有没有离开。这些庞大的、强势的成年人,占据着整个世界,他们向来喜欢撒谎,谁能搞得懂他们呢?!

"麻烦了!你能不能用什么办法拦住她,我真的没辙了。带上她五点前我肯定赶不回来。"

"我试一下。"

"好,好!"

过了一会儿,伊琳卡戴着帽子跑过来了,帽子是用白色凸纹布做的,看上去就像是果冻盒儿。

"我还以为您走了呢,"她激动地说,"好了,我们走吧!"

"伊琳卡,你现在和叔叔玩儿一会儿,怎么样?"妈妈一边温柔地抚摸着她肉肉的、黝黑的小手,一边央求道。

伊琳卡没有回答,而是拽住了妈妈的裙子,又开始不停地跺脚。我感觉到,该有所行动了。

"真是可惜啊,可惜,伊琳卡,你要跟妈妈走了。我正要画画呢。要不,就画一张小床,还有一匹小马。嗯?你觉得怎么样?"

"我想跟妈妈在一起!"她生气地说。

"走吧,走吧。你以为我想留你啊?我才不要呢!走吧,快走吧!我现在马上要画一头小象。"

她站着不动,想了好久。

"我可以和你一起画吗?"她撒着娇,轻轻地问,蓝色的眼睛带着泪光。

我感觉到,自己的计策马上就要成功了。

"伊琳卡还小呢。你现在还不能画画!还是跟妈妈去游泳吧!"

"我不想跟妈妈去了!我想跟你画画!"她提高了音调说,又要撇嘴了。

"真是,跟着妈妈多好啊!不过,如果你实在很想画画,那就留下来吧。"

伊琳卡没有说话,从自己乱蓬蓬、近乎毛烘烘的短发上摘下帽子,然后讨好地爬到我的腿上。

伊琳卡的妈妈对我报以迷人的微笑,然后就离开了。很快,我和伊琳卡拿起一本大的图画书看起来。我慢慢地翻动着厚厚的书页,问:"这是什么啊?"

"奶牛。"伊琳卡回答,她看着克内贝尔[1]出版的这本书中的花斑奶牛,娇憨(hān)地眯眼微笑。

"那这个呢?"

"不知道。"

"怎么会不知道呢?想想,捉老鼠的是哪种动物呢?"

"喵喵?"伊琳卡不太确定地说。

"对啦,是喵喵。或者,更准确地说,是猫。那这个呢?"

"炉。"

"什么?"

---

1 克内贝尔,全名克内贝尔·约瑟夫·尼古拉耶维奇(1854—1926),是俄罗斯著名的出版商和书商。

"炉。"

"呀,伊琳卡,伊琳卡!哪个聪明的女孩儿会将'鹿'说成'炉'呢?来,说一遍:L-ù-Lù。"

"L…L…Lù。"她费力地发音,眯着的眼睛闪耀着浅蓝色的光。

接着,她叹了一口气。"现在我们开始画画,画一个……花匠。"

"好吧。花匠就花匠。"

我拿来一张大纸,画了一个"X",在下面添上腿,上面添上手,还有一个圆圆的头。在每只手上,我仔细地画上五根手指,不知道怎么回事,整个手看起来很像一个耙(pá)子。

"给,花匠画好了。"

她有点儿不屑,斜着眼睛对我说:

"那他的二朵在哪儿?"

"耳朵,不是'二朵'。说一遍。"

"好吧,耳朵,不是'二朵'。那它在哪儿呢?"

"马上就有了。"

我添上了两只耳朵。

"那他的鼻子呢?"

我接着添上了鼻子。

"那他鼻子的那个在哪儿?"

"什么'那个'?"

"嗯……就是屁孔……"

"是不是鼻孔?"

"对,对。鼻孔!"

我又画上了鼻孔。

"那浇花的喷壶呢?"

"马上就有了。"

我在一个"耙子"下面画了一个喷壶。

"那水从哪里出来?"伊琳卡问,不可思议地瞪大了眼睛。

我又加上了水。后来,我又不得不画上了水龙头,又画了花、女孩儿、布娃娃,还有布娃娃的珊瑚项链——和她的一模一样。

天气很热，太阳还高高地悬挂在半空中。炙热的太阳光线穿过厚厚的树叶层，照射到地面上，形成斑斓(lán)的紫色光点，在树下的石子上跳跃。这种天气让人很想入睡。

"老爷爷不会把我抓走吧？"突然，伊琳卡害怕地问，身体紧贴着我。

"什么样的老爷爷？"

"会抓小孩子的老爷爷啊。"

"这是谁告诉你的？"

"保姆。"

"哦，如果你相信保姆的话，那我就没什么可说的了。保姆在撒谎。"

"没有老爷爷？"

"没有。"

"那灌木丛后面什么人也没有？"

"没有。"

"不对，有人。你看，在那儿站着呢。"

"好吧。我们过去看一下。"

"啊，我害怕！他会把我抓走的。"

"不用怕,我会保护好你的。"

我让她坐在我的肩膀上。怕她会摔下去,我就用右手紧紧扶着她的背,用左手拨开灌木丛。那里没有老爷爷,只有几只各种花色的小鸡仔。它们已经长大了一些,正跑着追几只麻雀,动作略显笨拙,细长的小腿让它们看起来就像是几只小鸵鸟。

"看到了吧!保姆瞎说呢,没有老爷爷。"

"瞎说。"伊琳卡相信了。

我们返回凉台,再次坐到桌前。我把头伏在画着花匠、花和女孩儿的画纸上。伊琳卡小声地自言自语,后来又轻声哼唱儿歌。后来,就没有声音了,又过了一会儿,她用双手抱住我的头,摇晃起来:"不能睡觉!不许睡觉!"

"嗯,怎么啦?"我醒了。

"你不画画了啊?"伊琳卡说,"我可没忘!你会不会画音乐?"

"音乐?不会。"

"我会,我会!"她着急地说,然后就趴到纸上努力地画起来——画出了几个杂乱的线团。她画着画着,又像刚才一样哼唱起来。"看！"她郑重地说，"这就是音乐！你都不会画！哈哈！你只会画花匠、女孩儿还有布娃娃，不会画音乐！哈哈！"然后，不知怎的，她话锋一转，眯着眼说："保姆撒谎，说老爷爷会抓人。没有老爷爷。"

突然，我们听到园子小门"吱"的一声打开了，接着就传来了脚踩石子的声音。伊琳卡紧靠着我，我听到，她的心脏在"咚咚"跳动着。难道，真的是老爷爷？

我小心翼翼地用手拨开丁香花丛，我们一起望过去，看看到底是谁来了。不，不是老爷爷。这是伊万·阿列克谢维奇[1]。宽厚的树叶影子形成的密集斑点，在他笔挺的托尔斯泰式的亚麻衬衫表面上下游走窜动。他咯噔作响的皮鞋上沾满了细碎的黄色野花。他手里拿着一根粗粗的树枝，胡子微微翘起，胸前的口袋里放着夹鼻眼镜。他的鼻子骄傲地高耸着，眼睛专注地眯着。

看得出，伊万·阿列克谢维奇在草原上和悬崖边散步了很久，他在那里欣赏着大海、游泳的女人，还有蒸汽船冒出的烟雾。他发现，大海的表面像极了蓝色的压花革[2]，透过水层看到了水下像玳瑁梳子一样的石头。所有的这一切都是那么美妙！突然，一阵急速的、响亮的、刺耳的、轰隆隆的声音充满了整个园子——这是电车从园子的篱笆前飞驰而过。伊万·阿列克谢维奇

1　根据名字判断，作者描述的是伊万·阿列克谢维奇·蒲宁（1870—1953），俄罗斯作家。
2　压花革是一种皮革类型，用山羊或者绵羊的皮做成，表面带有各种图案。

停了下来。

伊万·阿列克谢维奇站立着,听着。我知道他在思考什么。他表情凝重,心想,这种悠长的、音乐般的、经常听到的、让人内心惊惶的、无法比拟的有轨电车上的电线发出的声音,到底像什么?就像是半个音阶?可能吧。又像是大提琴的声音?或许吧。然而,谁知道呢!

园子上空依然热气笼罩。

暑假的午后时光,最令人怀念。写下你的"夏日大冒险",重温一下美好时光吧。

| 作者 | 瓦·卡达耶夫
Валентин Петрович Катаев
1897—1986

苏联儿童文学作家、诗人、剧作家，代表作《七色花》《团的儿子》《白色的孤帆》等。 |

| 译者 | 张 舒
宁德职业技术学院教师，毕业于北京师范大学，俄罗斯南乌拉尔国立人文师范大学在读博士。翻译代表作《十万个为什么》等。

胡志远
宁德职业技术学院教师，俄罗斯南乌拉尔国立人文师范大学在读博士，被《中国教育报》评为"2010年度推动读书十大人物"之一。|

七色花

作者 _ [苏] 瓦·卡达耶夫   译者 _ 张舒 胡志远

产品经理 _ 徐慧敏   装帧设计 _ 何月婷   产品总监 _ 周颖

技术编辑 _ 白咏明   责任印制 _ 刘淼   出品人 _ 许文婷

营销团队 _ 欢莹 史岢   插画绘制 _ 安安

鸣谢 (排名不分先后)

季晟康 李韦 马堂跃 严颢文 庄舒杨 丁子秦 孙芳 杨万慧

扫码，回复"七色花"
拥有魔法声音的榕榕姐姐念给你听

"七色花测试你的性格成分"
扫码，玩个小游戏吧

果麦
www.guomai.cn

以 微 小 的 力 量 推 动 文 明

图书在版编目（CIP）数据

七色花 /（苏）瓦·卡达耶夫著；张舒，胡志远译
. -- 天津：天津教育出版社，2021.5（2024.3重印）
ISBN 978-7-5309-8602-8

Ⅰ.①七… Ⅱ.①瓦… ②张… ③胡… Ⅲ.①童话 - 作品集 - 苏联 Ⅳ.①I512.88

中国版本图书馆CIP数据核字（2021）第047334号

版权登记号 图字 02-2021-033

七色花
QISEHUA

出 版 人	黄 沛
作　　者	[苏] 瓦·卡达耶夫
译　　者	张 舒　胡志远
责任编辑	谢 芳
装帧设计	何月婷
出版发行	天津出版传媒集团 天津教育出版社
地　　址	天津市和平区西康路35号
邮政编码	300051
电　　话	（022）23332301（营销部） （022）23332419（总编室）
网　　址	http://www.tjcph.com.cn
经　　销	新华书店
印　　刷	嘉业印刷（天津）有限公司
版　　次	2021年5月第1版
印　　次	2024年3月第17次印刷
规　　格	32开（880毫米 ×1230毫米）
字　　数	30千字
印　　张	3.75
定　　价	19.80元

版权所有 翻印必究
图书如有印装质量问题，请拨打电话（022）23332305。